F. Dittrich

Ueber Lungenbrand in Folge von Bronchialerweiterung

Anatiposi

F. Dittrich

Ueber Lungenbrand in Folge von Bronchialerweiterung

Unveränderter Nachdruck der Originalausgabe von 1850.

1. Auflage 2023 | ISBN: 978-3-38240-188-7

Anatiposi Verlag ist ein Imprint der Outlook Verlagsgesellschaft mbH.

Verlag: Outlook Verlag GmbH, Zeilweg 44, 60439 Frankfurt, Deutschland
Vertretungsberechtigt: E. Roepke, Zeilweg 44, 60439 Frankfurt, Deutschland
Druck: Books on Demand GmbH, In de Tarpen 42, 22848 Norderstedt, Deutschland

Ueber

Lungenbrand

in Folge von

Bronchialerweiterung

von

Dr. F. Dittrich,

o. ö. Professor der medizinischen Klinik.

———

Programm zum Eintritt in den königlichen academischen Senat der Friedrich-Alexanders-Universität zu Erlangen.

————————

Erlangen.

Bei Theodor Blaesing.

1850.

Die pathologisch - anatomischen Verhältnisse des Lungenbrandes finden sich bei Rokitansky, der sich hiebei auf Laennec stützte, naturgetreu geschildert; ebenso ist die Lehre von den Erweiterungen der Bronchien, ihrer verschiedenen Formen und Ursachen gerade durch Rokitansky erst verständlich und für die medizinische Praxis fruchtbringend geworden. Wenn sich auch über jede einzelne dieser beiden wichtigen Lungenkrankheiten nichts wesentlich Neues mittheilen lässt, so glaube ich doch auf eine Reihe von Fällen die Aufmerksamkeit der Kliniker und pathologischen Anatomen lenken zu müssen, welche Fälle darthun, dass zwischen den beiden erwähnten Krankheitsformen ein inniger Causalnexus stattfindet, ein Nexus, der bisher kaum beachtet, nur hie und da angedeutet oder als seltener Einzelnfall beschrieben wurde. Es mag der Grund, warum ich solche Fälle nicht zu den Seltenheiten, sondern zu den häufiger vorkommenden rechnen muss, wohl in dem grossen Materiale zu suchen sein, das eine pathologisch - anatomische Lehranstalt, wie sie in Prag besteht, mir geboten hat. Eine nur etwas genauere Untersuchung der vorkommenden Fälle von Lungengangraen ergab mir das Resultat, dass unter 15 Fäl-

len 2 es sind, die den oben angegebenen Nexus erkennen lassen.

Dass derselbe besonders für den Kliniker eine be-
deutende Wichtigkeit habe, ergibt sich schon daraus,
dass die Bedingungen zur Entstehung des Lungenbrandes noch sehr im Dunkeln liegen, und dass man sich
mit Erklärungsweisen begnügen muss, die weder den
eigenthümlichen Mortifikationsprozess, noch die Art und
Weise des Zustandekommens desselben in das gehö-
rige Licht setzen. —

Der Zusammenhang der Bronchial-Erweiterung und
der Lungengangraen ist wohl schon *a priori*, so wie auch
durch die Erfahrung bestätiget so aufzufassen, dass
die Bronchial-Erweiterung stets vorhergehe,
und mehr oder weniger lange Zeit bestehen
könne, bevor Lungenbrand dazutritt, durch
dessen Eintreten dann der lethale Ausgang in
den meisten Fällen heibeigeführt wird.

Es wäre nun blos die Frage zu beantworten, welches sind die Bedingungen, unter denen der Lungenbrand hinzutritt? Wir kennen wohl einzelne derselben;
Manchem mögen sie zur völligen Erklärung genügen,
Manchem sind sie noch unzureichend; wir stossen auch
hier wie überall auf die den Skepticismus befördernde
Wahrnehmung, dass bei dem Vorhandensein mancher
dieser Bedingungen in einzelnen Fällen Lungenbrand
auftritt, in andern Fällen dagegen vermisst wird. Dass
solche Räthsel trotz aller weiterer Forschungen, trotz
der ins Kleinste eingreifenden Detaillirung der bedingenden Verhältnisse und Ursachen nicht völlig gelöst
werden können, versteht sich von selbst. —

Mag die Bronchialerweiterung wie immer beschaf-
fen sein, mag sie in was immer für einem Theile der

Lunge sich befinden, mag sie Folge eines einfachen chronischen Catarrhs oder Folge einer vorangegangenen Infiltration *(Cirrhosis)* sein; stets ist das eine hauptsächliche Moment zu berücksichtigen: Die Ansammlung von Schleimsekret in den erweiterten Bronchialkanälen und die Schwierigkeit oder Unmöglichkeit von Seite der diese Kanäle umgebenden Lungenpartien, diesen angesammelten Schleim durch die Luftwege herauszubefördern. Dass der letztere Umstand in desto höheren Graden (meist zur Unmöglichkeit gesteigert) dann Statt finde, wenn das umgebende Gewebe in weiter Entfernung in eine schwielige, kallöse, fasrige, nicht kontraktionsfähige Masse umwandelt ist, lässt sich leicht ersehen. Man findet in solchen Fällen die erweiterten Kanäle mit einer enormen Menge eines dicken gelben eiterartigen Schleims vollgefüllt. —

Die Metamorphosen dieses Schleimsekrets sucht man vergebens bei der von den verschiedenen Autoren gegebenen Beschreibung der Bronchialerweiterung.

1) Eine derselben ist ganz gewöhnlich, nämlich die Eindickung desselben durch Verlust der wässrigen Bestandtheile. Das Sekret behält dabei seine schmutziggelbe Farbe, und hat die Consistenz eines dicken Syrups.

2) Eine zweite besteht in der Umwandlung zu einer kreidigen, kalkartigen Masse durch Freiwerden der im Sekret befindlichen Kalksalze, welcher Masse dann meist mehr oder weniger Fett im Anfange beigemischt ist. Diese anfangs trockene, bröcklige, später zu einer festen, knochenerdigen Concretion umgestaltete Masse hängt dann in manchen Fällen fast unzertrennlich mit der Innenwand des erweiterten Rohrs zusammen, ja das letztere findet sich

über dieser Masse zusammengeschrumpft, ein vollendeter Verödungsprozess. Diese Metamorphose findet sich bei Rokitansky erwähnt, und nach ihm besonders in Fällen, in welchen sich der Bronchialsack von seinen Zweigen und dem Bronchialrohr, an dem er sitzt, abschliesst, und eine völlig geschlossene Cavität bildet, eine Art fibröser Kapsel. Ich sah diese Metamorphose jedoch auch dort, wo die Obliteration noch nicht zu Stande gekommen war.

3) Eine dritte Metamorphose besteht in einer Art Zersetzung, einer fauligen Verderbniss der schleimig eiterartigen Flüssigkeit in den erweiterten Bronchien. Es ist diese Metamorphose eine der wichtigsten, sie gibt sich schon während des Lebens kund durch die Expectoration von foetiden, konfluirenden Sputis. Diese so wie das Contentum in den erweiterten Bronchien haben noch die schmuzzig gelbe Farbe, oder sind schmuzig grünlichgelb, und verbreiten einen penetrirenden Geruch; bei noch höhern Graden verlieren sie die eigenthümliche Schleimfarbe, werden schmutziggrau, hängen entweder noch in Form von Pfröpfen zusammen, oder zerfliessen zu einer dickflüssigen schmuzziggrauen Masse. Die jauchige Zersetzung sieht und riecht man augenblicklich. Seltener schon wird eine solche Masse als Sputum herausbefördert, wohl desswegen, weil bei dem Eintritt eines so hohen Grades von Zersetzung gewöhnlich schnell die allgemeinen Erscheinungen der Blutvergiftung, oder eine mangelnde oder unvollkommene Expectoration in Folge des gehemmten Nerveneinflusses Statt finden.

Die nähere Ursache dieser jauchigen Zersetzung des Sekrets ist nicht ermittelt. Das allzulange Verweilen des Sekrets in den Lungenhöhlen kann nicht der alleinige Grund sein, denn sonst würde diese Umwandlung viel häufiger anzutreffen sein; der Zutritt von atmosphärischer Luft oder das Abgesperrtsein des Schleims von der letztern gibt uns gleichfalls keinen genügenden Erklärungsgrund; ebenso zweifelhaft sind andere Momente, z. B. der grössere oder geringere Gehalt an Blutgefässen in den Wandungen der erweiterten Bronchien, die mehr oder weniger reichlich stattfindende Sekretion von Seite der Wandungen, die verschiedene Beschaffenheit der Innenwand des Rohrs, ob sie mehr eine seröse Haut darstellt, oder noch Schleimhaut ist u. s. w. — Auch der Einfluss von Seite des übrigen Organismus, das Herabgekommensein solcher Individuen durch den chronischen Katarrh und die Blennorrhoe der Lungen, das kachektische Aussehn, der Collapsus etc. lässt sich nicht nachweisen, da die oben angedeutete Metamorphose auch bei Individuen eintritt, bei denen keines dieser letztern Symptome Statt findet. —

Kennen wir auch zwar die Ursache dieser Umwandlung des Schleimsekrets nicht, — so sind uns doch wenigstens ihre Folgen, die Einwirkung auf die innere Auskleidung der erweiterten Bronchien, ja auf die nächste Umgebung und auf den ganzen Organismus fast zur Genüge bekannt, obwohl von den Autoren, selbst Rokitansky nicht gewürdigt. Gleich im Anfange sei jedoch bemerkt, dass nicht immer der Grad der brandigen Verderbniss, die Ausbreitung derselben in einem gleichen Verhältnisse stehe mit dem sekundären Ergriffensein der Innenwand der

Bronchialsäcke. Wenigstens war es mir oft auffallend, so manchen Fall zu beobachten, wo trotz eines sehr foetiden, missfärbigen Contentums die Innenwand des erweiterten Rohrs glatt und anscheinend ganz unverändert sich vorfand.

Die Einwirkung dieses Sekrets auf die Innenwand der Bronchialerweiterung gibt sich durch einen Entzündungs - oder einen Schmelzungsprozess derselben zu erkennen. Bei niedern Graden oder im Anfange der Zersetzung des Sekrets, wo es noch die gelbe Schleimfarbe hat, aber schon einen üblen, oft widerlich süssen Geruch verbreitet, findet man Zustände von Hyperaemie, von Exsudation auf die freie Innenfläche des erweiterten Bronchus; letztere trägt meist nicht den echt kroupösen Charakter, sondern tritt meist unter der aphthösen Form auf mit Bildung von seichten oder tiefer greifenden Substanzverlusten (Eposionen, Geschwüre); oder die Exsudate haben gleich von Anfang den schmelzenden Charakter theils in Form eines schmuziggrauen Eiters, theils von Jauche; oder es entsteht in Folge des Contacts mit dem Sekret unmittelbar ein Zerfallen, eine Mortifikation der Innenwand, ohne dass es erst zu einem Entzündungsprozesse kommt. Auf diese Weise entstehen nothwendigerweise oft weit greifende Ulcerationen der Innenfläche der Bronchialsäcke; ja es wird durch dieselben nicht blos die innere Auskleidung, sondern die ganze Bronchialwand zerstört. —

Greift dieser so verschieden geartete, doch meist zerstörend einwirkende Prozess auch auf die Umgebung der erweiterten Bronchien, so wird es von der Beschaffenheit derselben abhängen, ob und in wie weit er sich ausbreitet.

War das umgebende Gewebe lufthaltig, so finden
sich darin fast jederzeit lobuläre Hepatisationen mit
mehr oder weniger deutlicher Bildung von Granulatio-
nen, welche Hepatisationen vorzugsweise blos den ergriffenen Bronchus umgeben. War das Exsudat schmel-
zender Natur, und die Wandungen der erweiterten
Bronchien nicht sehr fest und dick, so gehn in dieser
Schmelzung die Bronchien total zu Grunde, ja so, dass
man aus der Beschaffenheit der ergriffenen Lungenpartie wohl auf Lungenbrand, aber nicht auf eine dage-
wesene Bronchialerweiterung schliessen kann. Diese
letztere Diagnose ist nur dann möglich, wenn in der
Nähe dieser Stellen noch andere in der Zerstörung weniger weit fortgeschrittene Partien sich finden, an denen man noch die erweiterten Bronchien und ihr Contentum, so wie die Einwirkung des letztern auf erstere
nachzuweisen im Stande ist.

Ist die Bronchialerweiterung aus einer indurirten
Pneumonie entstanden (*Cirrhosis pulmonis*), d. i. findet
sich eine mehr oder weniger grosse Lungenpartie in
ein hartes festes Narbengewebe umwandelt, und innerhalb derselben vielfach erweiterte sackartige Bronchien; — so wird bei eintretender brandiger Zersetzung
des Contentums wohl die Innenwand der Bronchien zerstört, die Zerstörung begrenzt sich aber meist an dem
festen, widerstandsfähigen Narbengewebe der Umgebung. In solchen jedenfalls günstigeren Fällen greift
der Entzündungs- oder Schmelzungsprozess daher nur
selten auf das weitere lufthaltige Parenchym der Lunge.
Dasselbe ist, jedoch nicht mit der Sicherheit der Be-
grenzung, der Fall, bei gleichförmiger Bronchialerweiterung, bei welcher die Wände verdickt und starr sind,
und nur dann, wenn der Schmelzungsprozess trotz-

dem diese dicken Wände zerstört hat, sieht man das umgebende lufthaltige Gewebe ergriffen werden von einem verschieden gestalteten Entzündungsprozesse.

Dass in Folge des sich *per contiguitatem* weiter verbreitenden Mortifikationsprozesses in der Lunge der lethale Ausgang in der Mehrzahl der Fälle herbeigeführt werde, lässt sich schon *a priori* vermuthen. Der Prozess stellt dann eine Form des sogenannten diffusen Lungenbrandes dar.

In andern Fällen erfolgt der Tod durch Pneumonie meist in lobulärer Form, von dem Lokalheerde und dessen nächster Umgebung ausgehend, und allmählig in der übrigen Lunge sich verlierend. Das Exsudat ist meist ein wenig geronnenes, meist zu Eiter oder hie und da schon zu Jauche sich umwandelndes. In andern Fällen ist der lethale Ausgang bedingt durch konsequutive Pleuritis, wenn durch Gangraenescenz der mehr peripherisch gelagerten erweiterten Bronchien die Pleura zerstört wird. Die Pleuritis ist dann wohl meist eine jauchige, öfters mit Pneumothorax kombinirt.

Sind früher in Folge desselben Prozesses, der die Bronchialerweiterung bedingt, mehr oder weniger feste Adhäsionen der Lunge mit der Costalwand aufgetreten, so entsteht bei Mangel eines Pleuraraums wohl keine Pleuritis, wohl aber kann die Gangraen von der Lunge aus durch die Adhaesionen sich auf die Costalwand oder aufs Zwerchfell ausbreiten. An der Leiche sieht man die entsprechende Seitengegend des Thorax bereits grünlich missfärbig. —

Der tödtliche Ausgang einer solchen Combination von Bronchialerweiterung mit Lungengangraen wird in einer andern Reihe von nicht gar so seltenen Fällen dadurch bedingt, dass nicht blos von der unmittelbaren

Umgebung der erkrankten Lungenpartie aus der Lungenbrand sich weiter diffundirt, sondern dass an ent-
ferntern Stellen derselben Lunge oder auch in der andern Lunge, wo keine Spur einer Bronchialerweiterung
aufzufinden ist, theils umschriebene, theils undeutlich
oder gar nicht begrenzte Entzündungs- oder Brandheerde zum Vorschein kommen. Die Erklärung der
Entstehung dieser letztern — sekundären Entzündungs-
und Brandheerde wäre durch folgende Möglichkeiten
gegeben:

  a) es haben diese sekundären Heerde die Bedeutung
    der Lokalisation einer Bluterkrankung, welche
    durch die Aufnahme jauchiger Stoffe von dem Lo-
    kalheerde in der Lunge herbeigeführt worden ist
    (Pyaemie). Der Aufnahme einer solchen Materie
    entsprechend ist auch die Ablagerung in die Lunge
    eine meist schnell zu Jauche sich umgestaltende
    Exsudation. In solchen Fällen finden sich an der
    Leiche nicht blos die Zeichen der Blutsepsis, son-
    dern auch Ablagerungen von ähnlichen Exsudaten
    in andern Organen, als in den Lungen. Nicht
    immer ist dies jedoch so der Fall, wie man es
    häufig findet, und wie man es *a priori* sich denkt.
    Ich sah in Folge der Aufnahme von brandigen
    Stoffen aus einem solchen Lungenbrandheerde in
    die Blutmasse nicht blos wieder jauchige Exsudate
    in den Lungen u. s. w. sondern so gut in den Lun-
    gen, wie in andern Organen (Milz, Nieren etc.)
    ganz deutliche faserstoffige Exsudate oft in reich-
    licher Menge, die noch nirgends den Anschein eines
    Zerfallens zu Eiter oder Jauche darboten, die auch
    diese Umwandlung sicher nicht später eingegan-
    gen wären. Dass diese Metastasen natürlich öfters

die nähere Todesursache darstellen, ist erklärlich, und für den Kliniker zu wissen gewiss nothwendig.

b) es sind diese sekundären Heerde in den Lungen dadurch entstanden, dass während der Expectoration mehr oder weniger geringe Mengen dieser foetiden jauchigen Contenta aus dem Lokalheerde in der Lunge in die andern Bronchien derselben oder der andern Lunge abgeflossen, oder mit der einströmenden Luft mit fortgenommen bis in die Endigungen der Bronchien, und hier durch den unmittelbaren Contakt dieses deletären Stoffes mit den feinen kapillargefässreichen Wandungen der Lungenbläschen der Lungenbrand entweder dadurch bedingt wurde, dass das organische Gewebe in Folge der Einwirkung der Brandjauche unmittelbar zerfällt, zerstört, und in eine gleiche brandige Masse umgewandelt wird, oder dass in Folge einer hervorgerufenen Entzündungsstase in den betreffenden Lungenläppchen ein jauchiges Exsudat abgesetzt wurde. Die letztern zwei Formen des Brandes lassen sich anatomisch direkt wohl kaum nachweisen, höchstens aus der Umgebung der Brandheerde oder aus andern noch nicht zur Brandpulpe umgewandelten Stellen erschliessen. —

c) Es ist vielleicht gar nicht nothwendig, dass von dem Contentum der brandigen Bronchialsäcke etwas in die andern Bronchien abfliesst; die aus dem Contentum sich entwickelnden Gase allein, mit der inspirirten Luft in die kapillaren Bronchien getragen, reichen vielleicht hin, daselbst einen solchen Mortifikationsprozess in den bisher freien Lungenpartien zu erzeugen, wenn man erwägt, dass von dem Lokalheerd aus schon das gesammte

Blut infizirt sein kann, und dieses bereits infizirte
Blut in der Capillarität der Lungen noch mit den
Brandgasen zusammentrifft.

Die grosse Mehrzahl der beobachteten Fälle ergibt
zwar, dass unmittelbar vom lokalen Brandheerde aus
sich Entzündungs- und Schmelzungsprozesse im übrigen
Lungenparenchym entwickeln, so dass man die Con-
tiguität von der in Form von Erosionen oder Geschwü-
ren zerstörten Innenwand des Bronchialrohrs nach
aussen nachweisen kann. In manchen Fällen findet
sich aber doch, besonders bei der Cirrhose in der Umgebung derselben weit sich diffundirende brandige Zer-
störungen des Gewebes der Lunge, in dem Bronchialsack selbst zwar das eigenthümliche Contentum, aber
die Innenwand des Rohrs ausser einer Missfärbung nicht
merklich verändert. Vielleicht ist die Immunität dieser
obsoleten (cirrhotischen) Lungenpartie mit der Bronchialerweiterung aus dem geringen Blutgefässgehalte
zu erklären, den gewöhnlich ein solches dichtes Narbengewebe besitzt.

Als interessantes Beispiel von der oft verschiedenen Art und Weise, wie der Tod erfolgt, möge statt
vieler anderen folgender Fall dienen:

Ein 40jähriger Taglöhner, moribund in die Kran-
kenanstalt gebracht. Sektion am 1. März 1847. Der
untere Lappen so wie die vordern Ränder des obern
Lappens der linken Lunge erscheinen bis auf ein Dritt-
theil des Volumens geschrumpft und in eine fibroid zel-
lige Masse umwandelt, die nach aussen fest an die Costalwand angelöthet, in ihrem Innern von zahlreichen
meist sackigen Bronchialerweiterungen durchzogen ist.
Die Auskleidung der letzteren ist dunkel geröthet, doch
nirgends korrodirt, trotzdem dass das Lumen ausgefüllt

ist mit einem höchst foetiden, schmuziggrauen, jauchigem Schleim. Der obere Lappen dieser Lunge ist zur Hälfte in eine brandige Höhle umwandelt, deren Umgebung aus einer missfärbigen, wenig granulirenden, feuchten Hepatisation besteht. Die Höhle ist mit flüssigem und coagulirtem Blute erfüllt. Die rechte Lunge akut emphysematös, im untern Lappen ein missfärbiges stinkendes Oedem. In sämmtlichen Luftwegen, in der Speiseröhre und im Magen flüssiges und geronnenes Blut (also tödtliche *Haemorrhagia pulmon.* im brandigen Theile). Septische Peritonitis, dadurch bedingt, dass in der breiig gelockerten, enorm geschwellten Milz zahlreiche bis wallnussgrosse, oberflächlich gelagerte, den Durchbruch drohende, meist jauchig zerfallende Metastasen sich entwickelt hatten. Auch in den Nieren ähnliche doch kleinere Entzündungsheerde, und zwar in allen Stadien, vom Infarctus an bis zu faserstoffigen, eiterigen und jauchigen Ablagerungen. Allgemeine Blutarmuth, auffallende Blutarmuth des Gehirns und seiner Häute mit einer geringen serösen Durchfeuchtung des ersteren. —

Die Frage, ob bei dem Hinzutritt von Lungengangraen zur Bronchialerweiterung der Ausgang jedesmal ein lethaler sei, oder ob auch Heilung erfolgen könne, lässt sich weniger aus den pathologisch-anatomischen Befunden, als vielmehr vom Kliniker entscheiden. Einzelne Autoren z. B. Briquet sprechen sich für Heilung aus, und *a priori* lässt sich die Möglichkeit derselben nicht läugnen, namentlich dann, wenn der hinzutretende brandige Prozess weniger diffus, mehr auf die durch die Bronchialerweiterung erkrankte Partie beschränkt, und begrenzt wird durch eine kallöse, narbige Umgebung; ferner wenn sowohl das Contentum der Bron-

chialsäcke als die jauchigen Gewebsreste mittelst Expectoration nach aussen befördert werden können; wenn
der Reaktionsprozess in der Umgebung oder im übrigen Lungenparenchym nicht eine derartige Ausbreitung
gewonnen hat, dass er allein hinreichend ist, durch
eine grössere Undurchgängigkeit der Lungensubstanz
den Tod herbeizuführen; endlich, wenn keine heftigen
Symptome der Infektion der Gesammtblutmasse eingetreten sind. —

Rokitansky macht in Betreff des Brandes der
Luftwege die Bemerkung, dass derselbe wohl unter
ähnlichen Bedingungen wie der Lungenbrand auftrete,
jedoch gewöhnlicher in einem vorläufig auf irgend eine
Weise erkrankten Gewebe, ohne aber in dem Wesen
des örtlichen Krankheitsprozesses begründet, und ohne
mehr als ein zufälliger Ausgang desselben zu sein. —

Eines der interessantesten und wichtigsten Krank-
heitsbilder von dieser Combination ist dasjenige, welches, obwohl nicht so häufig vorkommend, durch seinen
rapiden, stets lethalen Ausgang charakterisirt ist. Es
sind Individuen meist in den mittlern Lebensjahren,
noch mehr oder weniger kräftig gebaut, oder schon
bereits abgemagert, mit trockener schuppiger Haut,
welche Individuen durch längere Zeit an Bronchialkatarrh mit reichlicher Sekretion eines puriformen Schleims
leiden, und meist emphysematöse Ausdehnung gewis-
ser Lungenpartien erkennen lassen. Dieses chronische
Lungenleiden führt nun allmählig einestheils zu einer
gleichmässigen Erweiterung der Bronchien besonders
der untern Lappen, anderen Theils zu einem vorzeitigen Marasmus der Lunge in Form des senilen Emphy-
sems. Dieser Marasmus ist entweder blos auf die Lungen beschränkt, oder mit Marasmus der Knochen, Mus-

keln etc. in Verbindung. Plötzlich werden, ohne dass
man die bedingenden Einflüsse nachweisen kann, die
reichlichen puriformen Sputa übel riechend, schmuziggrau, zusammenfliessend, der Athem gleichfalls stinkend und die Luft weithin verpestend; grosse Dyspnoe,
Fieber mit sogenanntem typhösen Anstrich, schneller
Collapsus, schmuziggelbe erdfahle Gesichtsfarbe, endlich Aufhören der Expectoration, Coma und Tod. Die
Sektion ergibt nebst der vorzeitigen senilen Atrophie
der Lunge eine gleichförmige Erweiterung der Bronchien besonders der untern, abhängigen Partien, theils
mit dicken starren, theils dünnen, zarten Wänden, in
einzelnen Bronchien ein dickes, gelbes, eiterartiges,
das Lumen ganz ausfüllendes Sekret, in andern Bronchien ist dieses Contentum schon etwas missfärbig,
schmuziggrau mit einem leichten foetiden Geruch, in
andern, besonders in den kleinern Bronchien mehr gegen die Peripherie und die untern Lappen zu (also in
den am weitesten entfernten) ist das Lumen obturirt
mit pfropfartigen, heftig stinkenden, missfärbigen
Massen. Die Bronchialwände sind in manchen Fällen
unversehrt, in andern geschmolzen, und mit sammt der
Umgebung brandig zerstört. Das übrige Lungenparenchym gibt entweder blos ein seröses Infiltrat, das Se-
rum ist meist missfärbig und stinkend; oder es haben
sich schon lobuläre Hepatisationen oder an verschiedenen Stellen Brandheerde entwickelt. Die Bronchial-
drüsen sind bis wallnussgross, welk, weich und von
einem schmuziggrauen oder missfärbigen, sehr feuchten Infiltrat durchsetzt. —

Diese Form von Lungenbrand kömmt, da das zu
Grunde liegende Leiden fast stets auf beide Lungen
ausgebreitet ist, auch stets in beiden Lungen vor, ent-

weder in beiden in gleicher In- und Extensität, oder
in der einen Lunge zu höhern Graden gediehen, als in
der andern; während in den übrigen Fällen von Combination des Lungenbrandes mit sackiger Bronchialerweiterung (Cirrhose) der Prozess blos auf eine Lunge
beschränkt sein kann.

Dass bei solchen Fällen die zu dem chronischen
Katarrh und der gleichförmigen Erweiterung der Bronchien sich hinzugesellende Atrophie der Lunge sowohl
für den örtlichen Prozess vermöge der einhergehenden
geringen Contraktions- und Expectorationskraft, als
auch für die Blutbereitung im Allgemeinen eine grosse
Rolle spielt, wird Niemand in Abrede stellen. Es ver-
dient dieses Moment alle Berücksichtigung für fernere
Beobachtungen.

Eine grosse Aehnlichkeit hat dieses Krankheitsbild
mit dem von Rokitansky als diffuse brandige
Colliquescenz der Bronchialschleimhaut aufge-
stellten. Er gibt an, dass man die Schleimhaut der
Bronchien in verschiedener Ausdehnung gleichmässig
oder vorwaltend an einzelnen Stellen schmuzigbraun
grünlich entfärbt, zu einem weichen, zottigen, feuchten,
zerreiblichen, den eigenthümlichen Geruch des Sphacelus verbreitendem Gewebe zerfallen findet, dass man
ihre Kanäle mit einer ähnlichen missfärbigen, schäu-
menden, stinkenden, serös-jauchigen Flüssigkeit erfüllt
findet, und den ganzen Prozess oft mit Lungenbrand
vergesellschaftet antrifft.

Ich würde glauben, dass nicht blos eine Aehnlichkeit mit der oben angegebenen Form Statt findet, sondern, dass es ganz gleiche Fälle sind, die vielleicht
nur unter verschiedenen ursächlichen Bedingungen sich
ausbilden; um so mehr, als aus Rokitansky's Schil-

derung nicht ersichtlich wird, ob ein Exsudat von Seite des Bronchialrohrs in das Lumen desselben mit dem Charakter der jauchigen Metamorphose gesetzt wird.

Das Charakteristische in unserer oben angegebenen Beschreibung — nämlich die ganz eigenthümlichen, das Lumen der erweiterten Bronchialäste ·verstopfenden schmuziggrauen, missfärbigen, stinkenden Pfröpfe — hat Rokitansky nicht erwähnt, ebenso nicht den Zustand der gleichförmigen Erweiterung der Bronchien und die Beschaffenheit des übrigen Lungenparenchyms.

Es scheint mir nicht unnöthig, dem möglichen Einwurfe zu begegnen, als hätten obige Pröpfe nicht die von uns angegebene Bedeutung der Metamorphose der längere Zeit stagnirenden Schleimmassen, sondern als wären sie wirkliche Exsudate, von Seite der erweiterten Bronchialröhren in das Lumen derselben abgesetzt, Exsudate, welche schnell die brandige Metamorphose eingegangen sind.

Eine solche wahre Bronchitis mit schmelzendem Exsudat, ohne gleichzeitige ähnliche Exsudate in der Endverästlung der Bronchien, als primäre, substantive Erkrankung bei Erwachsenen, findet sich nirgend erwähnt, ich selbst habe nichts ähnliches gesehen. Ferner kann man, wenn man das Contentum verschiedener Bronchien genau untersucht, fast den unmittelbaren Uebergang, das an einzelnen Stellen zum Vorschein kommende innige Gemischtsein von einem gelben, puriformen, geruchlosen und missfärbigen foetiden Schleim nachweisen. Nimmt man noch hinzu die ursächlichen Momente, den lange dauernden Bronchialkatarrh, die Sputa und den plötzlichen Eintritt der Umwandlung derselben, das Auftreten der allgemeinen Erscheinungen, so wird man sich durch nichts bestimmt finden, dem obigen Einwurfe beizutreten.

Als Anhang zu dieser eigenthümlichen Form füge ich aus einer Reihe von Fällen einen aus dem Jahre 1849 auf. Er betrifft eine 44jährige gut genährte Magd, welche auf der Klinik als mit Typhus behaftet erklärt und behandelt wurde. Der Tod soll gegen den 23ten Tag der Krankheit eingetreten sein.

Auch hier fanden sich bei der Sektion die Bronchien, besonders der untern Lappen, meist gleichförmig, nur hie und da zu dünnwandigen Ampullen erweitert, das übrige Lungenparenchym wenig rarefizirt, die Bronchialröhren ausgefüllt mit theils puriformen dicken Sekret, theils mit stinkenden Pfröpfen. In der Umgebung besonders der letztern Entzündungs- und Schmelzungsprozesse meist in lobulärer Form und im obern Lappen der rechten, und im untern Lappen der linken Lunge wallnussgrosse Jauchehöhlen mit zottigen, von Brandjauche getränkten Wandungen. — Es lässt sich bei diesem Falle die Diagnose: Typhus an der Leiche nicht rechtfertigen und nachweisen, um so weniger, da bei Abwesenheit jeder typhösen Lokalisation im Darmkanale die typhoiden Erscheinungen während des Lebens ebenso gut aus der putriden Infektion des Blutes erklärt werden können. Doch lässt sich auch wieder nicht mit Sicherheit das letztere behaupten, da bei exanthematischem Typhus, wo jede Lokalisation des Typhusprozesses mangelt, der Katarrh der Bronchien so exquisit, mit einer so reichlichen Sekretion verbunden und die Bronchialerweiterung in Folge dieser Momente so wie in Folge der Abnahme der Contraktionskraft der Lunge so schnell aufgetreten sein kann, dass wir in Verbindung mit dem durch den Typhusprozess

ohnedem veränderten Gesammtblute eine mehr akute
Entstehung eines solchen Lungenbrandes nicht abzu-
läugnen im Stande sind.

Wenn ich die von mir beobachteten Fälle der Combination von Bronchialerweiterung mit Lungengangraen
durchgehe, so fällt mir auf, dass bei so vielen während des Lebens Tuberculose der Lungen diagnosti-
zirt und der Eintritt der übel riechenden Sputa so wie
der allgemeinen Erscheinungen in Verbindung gebracht
wurde mit der zur akuten infiltrirten Tuberkulose sich
nicht selten hinzugesellenden septischen Beschaffenheit
der Cavernen und ihres Inhaltes.

Es ist auch wirklich in vielen Fällen für den Kliniker keine leichte Aufgabe, obwohl sie leicht zu sein
scheint, schon während des Lebens eine genaue Diagnose der in dieser Abhandlung besprochenen Combination von Lungenaffektionen zu machen, und zwar besonders schwer eine genaue Unterscheidung vom tuberkulösen Prozesse. Die Schwierigkeit der Diagnose wird
vermehrt, wenn die Bronchialerweiterung im obern Dritt-
theil der obern Lungenlappen — dem gewöhnlichen
Ausgangsheerde der chronischen Lungentuberkulose —
sich befindet; oder wenn sie gar in Folge eines abge-
laufenen, geheilten tuberkulösen Prozesses entstanden
ist; wobei die übrigen Erscheinungen als: vorherge-
gangene Haemoptoë, lang dauernder Husten, reichliche
Expectoration von Schleimmassen, Abmagerung u. s. w.
so wie die ähnliche oder gleiche Resultate gebende
Perkussion und Auskultation die Möglichkeit der Täu-
schung noch vermehren. Die Diagnose wird leichter,
manchmal sicher, wenn die Bronchialerweiterung in den
untern Lappen sich konstatiren lässt, wenn der Thorax
daselbst äusserlich eingezogen erscheint, wenn trotz

des Jahre lang dauernden Hustens die Erscheinungen
der Perkussion und Auskultation gleich geblieben sind,
wenn die für Bronchialerweiterung fast charakteristi-
schen Sputa vorhanden sind, wenn gleichzeitig Lungen-
emphysem besteht u. s. w.

Es gibt endlich Fälle, wo neben Bronchialerweiterung der untern Lungenlappen (freilich nicht in bedeu-
tender Ausdehnung) Tuberculose der obern Lappen vor-
kömmt. Beide dieser Krankheitsprozesse schliessen
sich nur unter gewissen Umständen und vorzüglich
durch die in Folge der Bronchialerweiterung entstan-
dene Lungeninsuffizienz und konsequutive Herzvergrös-
serung aus. Sind beide Krankheitsformen kombinirt
und gesellt sich Lungenbrand hinzu, so ist's für den
Kliniker gut, denn es hat sich bei der Sektion doch
eine Diagnose bestätiget.

Betrachtet man die Analogie mit dem tuberkulösen
Prozesse näher, so wird man ersehen, dass derselbe
Vorgang (bei welchem sich in erweiterten Bronchial-
säcken in Folge der Stagnirung des Sekrets und einer
Umwandlung desselben Ulcerationsprozesse und Lungengangraen entwickelt,) auch in älteren bereits obso-
let gewordenen und ausgekleideten Tuberkelhöhlen
stattfinden kann, um so eher, als es ja selbst für den
geübten pathologischen Anatomen in seltenen Fällen
schwer wird, aus einer vereinzelten Höhle in der Lunge
den früheren Charakter des Prozesses zu bestimmen;
um so eher, als das Contentum nicht selten gleichfalls
einen dicken eiterähnlichen Schleim darstellt, als dieser Schleim bei der schwieligen Verödung der Umgebung der Höhle längere Zeit daselbst verweilen und
eine Umwandlung eingehen kann. Dass die konsequu-
tiven Erscheinungen, der Hinzutritt von Gangraen, die

Einwirkung der Brandjauche auf die Umgebung, auf das übrige Lungenparenchym und auf die Blutmasse überhaupt ganz dieselben sein werden, versteht sich von selbst. Diese Combination von Lungengangraen mit Tuberculose ist übrigens nach meinen Beobachtungen gewiss eine seltene, sowohl bei Fällen, bei welchen die Tuberkulose ganz erloschen, und nur die Reste davon in Form alter Höhlen übrig sind, als bei jenen, die eine chronische Form der Lungentuberkulose darstellen, wo der tuberkulöse Prozess an andern Stellen weniger alt, ja frisch erscheint. Die grosse Mehrzahl der Fälle, bei denen Lungengangraen zu infiltrirter Tuberkulose hinzutritt, ergibt, dass dieser Hinzutritt in andern Verhältnissen begründet ist, und sich theils auf eine Metamorphose des tuberkulösen Infiltrats, theils auf eine Unwegsamkeit der arteriellen Gefässe dieser Partien zurückführen lässt.

Die aetiologischen Verhältnisse der Combination von Bronchialerweiterung und Lungengangraen sind fast ganz ungekannt. Sie lassen sich zurückführen auf die Entstehung des Lungenbrandes überhaupt, obwohl auch hier mehr Aufklärung Noth thut *). Man

---

*) Die von Dr. Genest angegebene Ursache des Lungenbrandes — nämlich die Lungenblutung, vorzüglich dann, wenn eine Communikation der äussern Luft mit der das Blut enthaltenden Höhle Statt findet, konnte ich in dem Sinne, wie er es meint, nicht konstatiren. Er führt nebstdem Fälle an, welche den Einfluss der Luft auf die Entstehung des brandigen Geruches beweisen sollen, indem die Symptome des Lungenbrandes in Folge wiederhohlten Blutspeiens aufgetreten waren. Bei der Sektion fand er meistens, doch nicht immer (!) Brand, aber doch Höhlen voll fauligen Blutes, die

hat zur Entstehung desselben wenigstens einen An-
haltspunkt in dem bereits bestehenden, immerhin wichtigen Lungenleiden — der Bronchialerweiterung. Doch,
wie bereits oben angedeutet, sind es nicht immer ge-
schwächte dekrepide, durch Bronchoblennorrhoe herab-
gekommene Individuen, sondern auch kraftvolle, mus-
kelstarke Arbeiter.

Ob eine dyskrasische Beschaffenheit des Gesammt-
blutes, und welche Einfluss habe, lässt sich nicht mit
Sicherheit angeben; mehrere von den beobachteten Fällen schienen den Verdacht auf einen Zusammenhang
mit Syphilis zu rechtfertigen; doch scheint er nur in-
sofern zu bestehen, als im Gefolge von syphilitischen
Entzündungsprozessen in der Lunge sich ausgezeich-
nete Narben mit und ohne Bronchialerweiterung heran-
bilden, und als nicht selten im Gefolge der Syphilis
ein hartnäckiger Bronchialkatarrh besteht.

Das Alter der Individuen ist verschieden und rich-
tet sich nach dem Vorkommen der Bronchialerweiterung. Man findet diese bekanntlich schon in jüngern
Lebensjahren, ebenso wie bei Greisen. Die statisti-
sche Uebersicht der von mir beobachteten Fälle ergibt
das nicht besonders auffallende Resultat, dass die
grösste Häufigkeit dieser Combination in das beste Alter (20—50 Jahre) fällt.

---

durch die Bronchien mit der äussern Luft in Verbindung
standen. Die von ihm beschriebene Form des Lungenbrandes kann nichts anders sein, als eine Begleiterin des *Infarctus Laennecii*, und ist in ganz andern Ursachen begründet, nämlich in der Obturation der blutzuführenden Canäle
und in der Unmöglichkeit der Bildung eines Collateralkreis-
laufes.

Das Vorkommen ist ziemlich gleich vertheilt auf Männer und Weiber.

Wie überhaupt Lungengangraen häufig mit Geisteskrankheiten angetroffen wird, so ist's auch mit unserer Combination. Dieselben Ursachen, welche Lungengangraen überhaupt bei solchen Individuen hervorrufen, mögen bei dem bereits bestehenden Lungenleiden um so leichter ihre zerstörende Wirkung äussern können.

Statt der Aufzählung von mehrern hieher gehörigen Fällen möge folgender hinreichen.

Ein 26jähriger Med. Dr. kam ins Irrenhaus mit Melancholie. Diese erreichte alsbald einen hohen Grad, so dass er endlich blos eine lebende Statue darstellte und gefüttert werden musste. Während dieses Zustandes litt er öfters an katarrhalischen Affektionen der Brustorgane, ohne dass sich aber durch die physikalische Untersuchung eine materielle Veränderung nachweisen liess. In den letzten 3 Monaten ward der Husten heftiger, zeitweilig trat grosse Athemnoth auf, der Athem wurde ebenso wie die Sputa übelriechend; zeitweilig erschienen die letztern mit Blut gemischt. Eine nähere Untersuchung war bei dem Widerstreben des Kranken nicht möglich, so wie er auch den Fütterungsversuchen durch Nase, Mastdarm etc. jedmögliche Hindernisse entgegensetzte.

Die Sektion ergab folgendes: Grosse Abmagerung, leichter Hydrops der untern Extremitäten, Hyperaemie der Hirnhäute und des Gehirns mit weichteigiger Beschaffenheit des letztern, dünnflüssiges, nur wenig roth gefärbtes Blut. Im rechten Herzen sparsame serös durchfeuchtete Fibrincoagula. Viel und eingedickte Galle in der Gallenblase. Leichte Hyperaemie der Dickdarmschleimhaut.

Die rechte Lunge im ganzen obern Umfange durch fibroide Massen mit der Costalwand festgelöthet, der obere Lappen auf die Hälfte geschrumpft, und in ein Narbengewebe umwandelt, innerhalb dessen zahlreiche bis haselnussgrosse Bronchialsäcke, ausgefüllt mit einer graubräunlichen, foetiden, dicken, zusammenhängenden Masse. Die innere Auskleidung dieser Säcke bis in das Narbengewebe der Umgebung hinein brandig zerstört. Im mittlern Lappen mehrere lobuläre Hepatisationen mit wenig geronnenem Exsudat und eine wallnussgrosse anscheinend frische Brandhöhle, bis zur Pleura reichend und dieselbe an einer linsengrossen Stelle perforirend. Der untere Lappen durch $1\frac{1}{2}$ Pfd. septisches Pleuraexsudat fast bis zur Luftleere komprimirt. Die linke Lunge emphysematös, in den hintern Theilen akutes Oedem.

Ob der Prozess der Bronchialerweiterung mit Lungenbrand in dieser oder jener Lunge, in den obern oder untern Lappen häufiger vorgefunden wird, ist wohl gleichgültig, weil auch eine bestimmtere Angabe doch keinen Nutzen für die Diagnose gewähren würde; und weil sich die Angabe übrigens leicht deduciren lässt von dem Vorkommen der Bronchialerweiterungen.

Die Therapie fällt im Allgemeinen mit der des Lungenbrandes zusammen; man hat die Aufgabe, besonders im Anfange, wo die übel riechenden Sputa auftreten, zu sorgen, dass der foetide Geruch derselben gemindert, und dass die Expectoration derselben erleichtert werde.

In der Literatur finden sich nur Andeutungen dieser Combination, und hie und da vereinzelte Fälle, ohne dass aber der innere Zusammenhang hervorgehoben. ist

Weder Laennec, noch Rokitansky, Hasse
machen davon eine Erwähnung.

Im Archiv de med. d. Paris 1841. Mai findet sich
ein Aufsatz von Dr. Briquet, Arzt des Hôpital Cochin
mit der Ueberschrift: „über eine Art des Lungenbran-
„des, der von der Mortifikation der erweiterten Enden
„der Bronchien abhing." Briquet kommt aber darin
zu keinem andern Resultate, als dass er nachzuweisen
sucht, dass es eine Art von Erweiterung der Bronchien
gebe, bei welcher die Enden dieser Kanäle sich zu
Ampullen erweitern mit oder ohne begleitende Erweiterung der übrigen Theile des Bronchialbaums; dass diese
zu Ampullen erweiterten Enden unabhängig von jeder
andern Partie der Lunge von brandiger Zerstörung ergriffen werden können, und dass dieser Brand — das
Resultat einer allgemeinen Bronchitis oder blos einer
Bronchitis der erweiterten Enden der Bronchien — mehr
von der Natur der Entzündung und von dem Deteriora-
tionszustande des Subjektes, als von der Intensität der
Entzündung abhänge.

Von grösserm Interesse, als die mangelhafte pa-
thologisch-anatomische Beschreibung seiner Fälle und
die daraus gezogenen Schlüsse darbieten, erscheint das,
was er über die Heilung dieser Combination sagt: „Nicht
„selten bemerkt man nämlich in der Praxis, dass Leute,
„die für gewöhnlich husten und auswerfen, plötzlich
„einen übelriechenden Auswurf und Athem bekommen,
„dass die Sputa reichlicher werden, und ihr Ansehen
„verändern, ohne dass die Auskultation eine Modifika-
„tion der Geräusche in der Brust wahrnehmen lässt.
„Alle Aerzte, denen solche Fälle vorgekommen sind,
„wissen, dass diese verschiedenen Zufälle, nachdem
„sie eine Zeit lang gedauert haben, sich allmählig ver-

„mindern, und endlich verschwinden, so dass der Kranke
„zu seinem habituellen Gesundheitszustande zurück-
„kehrt. Höchst wahrscheinlich nun sind diese Affek-
„tionen, die oft mehrere Male bei einem und demselben
„Subjekte wiederkehren, Gangraenen der erweiterten
„Enden der Bronchien."

In der Lond. med. Gaz. 1833 findet sich eine Beob-
achtung aus dem Middlesex-Hospital bei einem 35jähri-
gen Weibe, bei welchem sich im untern Lappen der
linken Lunge erbsen- bis bohnengrosse, den erweiterten
Bronchien entsprechende Höhlen mit festen dicken Wänden fanden, in denen ein dickes stinkendes Fluidum
von schmuziger Farbe angehäuft war. Die Umgebung
dieser Höhlen, so wie einzelne derselben selbst waren
sphacelös; frische jauchige Pleuritis in dem linken
Pleurasacke.

In einem Berichte über die Wiener pathol. anatom.
Anstalt erwähnt Löbl einen Fall von einem 31jährigen
Individuum, das im Stadium der Vernarbung typhöser
Darmgeschwüre an Sphacelescenz der Schleimhaut der
erweiterten Bronchien starb.

In einem anderen Berichte theilt Lautner einen
Fall von Lungengangraen mit Bronchiectasie (ohne
nähere Angabe) komplizirt bei einem 44jährigen Individuum mit, — ferner eine kurze Notiz über einen Fall von
Sphacelus in den sackig erweiterten Bronchialverzwei-
gungen des linken untern Lappens, bei welchem der
Hauptast des Bronchus für diesen Lappen durch ein an
seiner Ursprungsstelle mit einem Stiel aufsitzendes ha-
selnussgrosses Lipom fast obturirt war. —

Längere Zeit nachher, als ich obige Bemerkungen
niedergeschrieben, las ich die Verhandlungen der phy-
sikal. medizinischen Gesellschaft zu Würzburg, allwo

sich in Nr. 10 des I. Bandes eine Abhandlung von
Dr. Rapp: „über Bronchiectasie" findet, und worin
derselbe zum Theil die oben niedergelegte Erfahrung
gleichfalls gemacht hat; dass nämlich parenchymatöse
Entzündungen in der Nähe von erweiterten Bronchien
nicht selten den Ausgang in Gangraen nehmen, welche
Gangraen wahrscheinlich mit hervorgerufen ist durch
das verjauchende Bronchialsekret. Er bespricht unter
andern diagnostischen Momenten auch die Verwechs-
lung mit der primären Lungengangraen. Der spezifike
Foetor bei Bronchiectasie rührt nach ihm von dem zer-
setzten Bronchialsekret her, welches nach seiner Mei-
nung freilich in selteneren Fällen eine umschriebene
Gangraenescenz des Bronchialgewebes veranlassen kann.